ぼくは めいたんてい

めいたんていネートと なかまたち

めいたんていネートが、さまざまな じけんを、
みごとな なぞときで かいけつして いきます！

ネート

じけんを かいけつする めいたんてい。
じけんのときは、たんていらしい かっこうで、
ママに おきてがみをして 出かける。
パンケーキが 大すき。
よく はたらき、はたらいた あとは
よく 休むことに している。

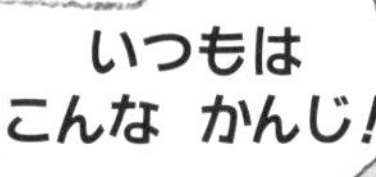

いつもは
こんな かんじ！

じけんを かいけつちゅうの
ネートと スラッジ

スラッジ

じけんの かいけつを
手つだってくれる
ネートの あいぼう。
のはらで 見つけた犬。
ふるくなった パンケーキを
たべていたので、ネートは
おなじ なかまだと おもった。

ハリー

アニーの
おとうと。

ファング

アニーの　犬。
でっかくて、
するどい　はを
もっている。

アニー

ちゃいろの
かみと、
ちゃいろの
目を　した
よく　わらう
かわいい子。
きいろが　すき。

オリバー

ネートの
となりの　いえに
すんでいる。
すぐに　人に
ついてきて、はなれない。
ウナギを　かっている。

ロザモンド

くろい　かみと、
みどりいろの
目を　した　女の子。
いつも　かわった
ことを　している。

クロード

いつも
なくしものを　したり、
みちに　まよったり
している。

エスメラルダ

りこうで、
なんでも
しっている。

ロザモンドのねこたち

スーパーヘックス

大きいヘックス

なみのヘックス

小さいヘックス

フィンリー

べらべらと
よく
しゃべる。

ピップ

むくちで
あまり
しゃべらない。

ぼくは　めいたんてい

2るいベースがぬすまれた?!

マージョリー・W・シャーマット／ぶん
マーク・シーモント／え
神宮輝夫・内藤貴子／やく

大日本図書

LORDS GUM
BABE

ぼくは、めいたんていネートです。

やきゅうせんしゅに　なることも　あります。

けさは、たんていと　やきゅうせんしゅの　りょうほうになりました。

ぼくは、犬（いぬ）の　スラッジを　つれて、やきゅうじょうへいきました。バッティングと　ランニングと　しゅびの　れんしゅうを　するためです。ぼくは　やきゅうチームに　はいって　いるのです。チームの　なまえは、〝ロザモンド・レンジャーズ〟。

チームの　メンバーは、
ロザモンド、アニー、ハリー、
オリバー、エスメラルダ、
クロード、フィンリー、ピップ
です。みんな　やきゅうじょう
に　きていました。
　ロザモンドの　ねこたちも
四ひき　そろって　いました。
チームの　マスコットなのです。
アニーの　犬の　ファングも

きて　いました。ファングは、チームに　はいっていません。
マスコットでも　ないのに、わざわざ　やってくるのです。
ロザモンドが、ぼくの　ところに　きて、いいました。
「きょうは、れんしゅう、できないわよ。2るいベースが
ぬすまれちゃったから。」
「かわりの　2るいベースを　つかえば　いいだろ。」
ぼくは、かがんで、大きな　石を　ひとつ　ひろいました。
「2るいベースに　石？　わたしが　コーチを　している
あいだは　だめ。石の　ベースなんて、だれでも　つかう
じゃない。ロザモンド・レンジャーズは、つかわない。」

ロザモンドは、かわった　コーチです。べつに、ふしぎは　ありません。ロザモンドって、かわっているのです。

「この　チームでは、わたしが　1るいベース、オリバーが　2るいベース、アニーが　3るいベースを　もってくるの。」

ロザモンドは、ツナの　あきかんを　もちあげました。

「これが、きょうの　1るいベース。これは、ぬすまれなかった。」

アニーは、大きな　犬ようの　ほねを　もちあげて、

「これが、きょうの　3るいベース。だれにも、たべられてないわ。」と、いいました。

ファングと　スラッジが、はなを　ひくひく　させました。オリバーが　いいました。

「ぼくは、きのう　もってきた　2るいベースを、きょうも
もってくる　つもりだった。ところが、それが　ぬすまれたんだ。あれが　いちばん　いい　ベースだったのに。」

めいたんていネートは、そうは　おもいません。オリバーの　2るいベースは、ぬるっと　した　かんじの　むらさき

いろの　プラスチックの　たこなのです。
オリバーは、うなぎを　かっていて、こんどは、ほんもの
の　たこを　かうために、おかねを　ためて　いるのです。
「ぼくの　2るいベースを　さがして　もらえる？」
「あたらしいのを　つくったら？」
ぼくが　こたえると、オリバーは、おこって　いいました。
「ながくて　うねうねした　たこの　あしを　つくるのは、
たいへんなんだぞ。それに、あれは、ぼくの〝おまもりだ
こ〟なんだ。」
「わかった。めいたんていネートが、この　じけんを　ひき

うけよう。」

オリバーの　たこなら、みれば　わかります。ぬらぬらした　ながい　あしが、八本（ぽん）　ついて　います。

「あの　たこ、いつもは　どこに　おいて　おく？」

「本（ほん）ばこの　上（うえ）。けさ、とりに　いったら、なくなって　いたんだ。」

「まず、きみの　いえに　いって　みよう。」と、ぼくは　いいました。

ぼくは、ママに、おきてがみをしました。

ママへ
本ばこの　上の
2るいベースが　なく
なった　じけんで　で
かけます。すぐ
もどります。
めいたんてい　ネートより

ぼくは、 スラッジと オリバーと いっしょに、
オリバーの いえに いきました。
オリバーは、 ぼくの となりに
すんで います。 オリバーの
へやに いくと、 本ばこが
ありました。 本で いっぱ
いです。 それは いいの
ですが、 もんだいは、 本
ばこが、 かべと、 うなぎの
水そうに、 ぴったり はさまれて

いる　ことでした。本(ほん)ばこの　上(うえ)は　ちらかりほうだい。
やきゅうせんしゅの　カード、ミット、ボール、バット。
やきゅうの　どうぐで　いっぱいでした。
「本(ほん)ばこの　上(うえ)に、いろんな　ものを　のせておくので、
ゆかに　おちるんだよ。」
と、オリバーは　いいました。
「ほんとに　すごい　ことに　なってるね。」
と、ぼくは　いいました。
「きみの　たこ、本(ほん)ばこの　上(うえ)で　なにかの　下(した)じきに
なってるんじゃない？」

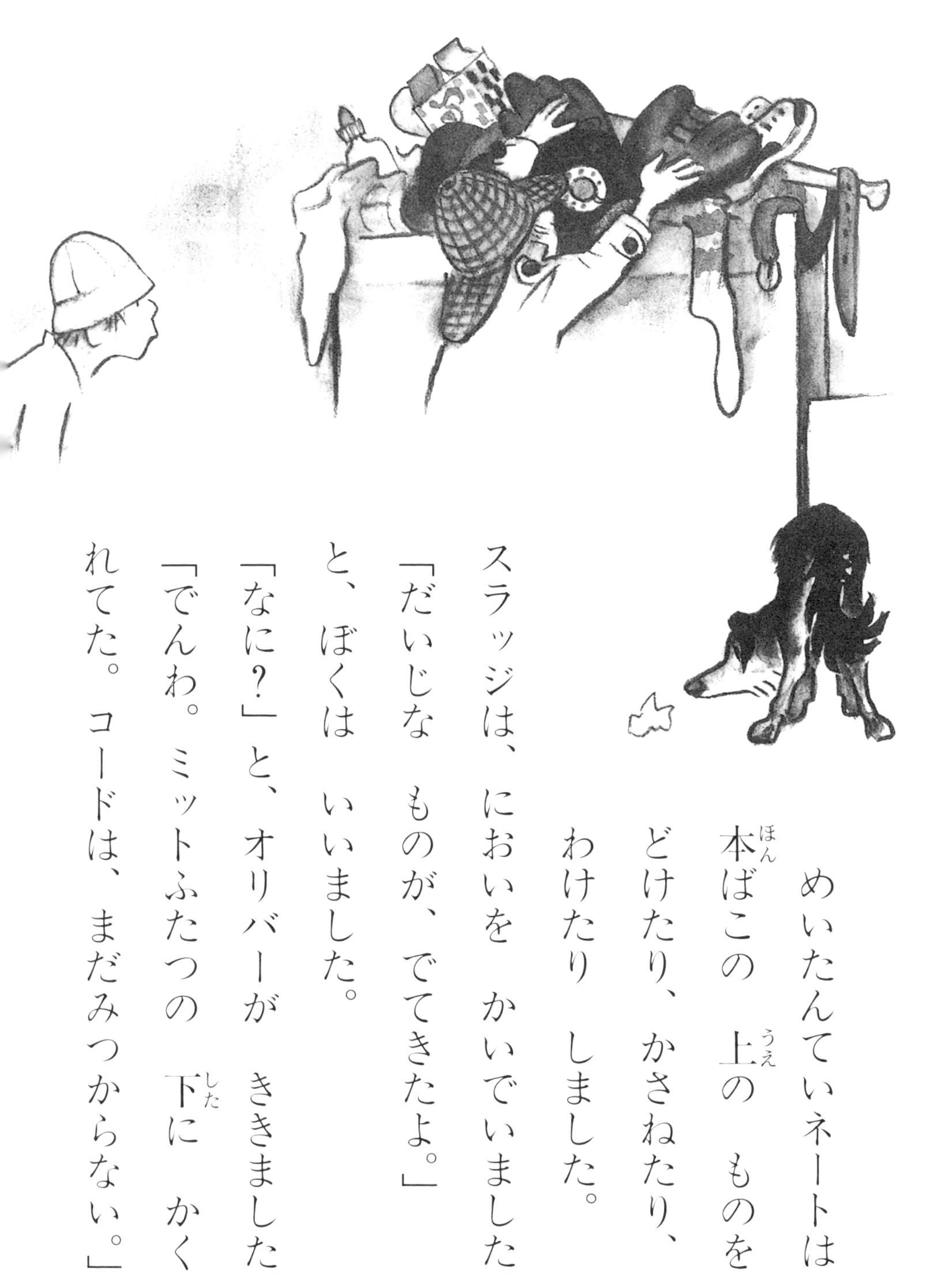

めいたんていネートは
本ばこの　上の　ものを
どけたり、かさねたり、
わけたり　しました。
スラッジは、においを　かいでいました。
「だいじな　ものが、でてきたよ。」
と、ぼくは　いいました。
「なに？」と、オリバーが　ききました。
「でんわ。ミットふたつの　下に　かくれてた。コードは、まだみつからない。」

「コードは、本ばこの　うしろを　とおってる。ソケットが
かべに　あるから。」と、オリバーは　いいました。

「それが　やっかいなんだ。でも、でんわって、いいよね。

ぼくは、でんわを　かけるのが　すきなんだ。」

「しってる。」と、ぼくは　いいました。

オリバーは、くっつきむしです。ひとの　あとを　くっつ
いて　まわります。それから、でんわを　かけまくります。

すっかり　しらべおわって、ぼくは　いいました。

「きみの　たこは、本ばこの　上には、みあたらない。」

「きみが　みても、やっぱり　ないか。」

と、オリバーは、いいました。

「本ばこの　上には　ないと、いっただけだよ。」

と、ぼくは　いいました。

「中も　さがさなくっちゃ。」

ぼくは、うなぎの　水そうの　中を　のぞきました。

「きみの　たこ、この　中には　おちていない。」

と、ぼくは、いいました。

「本ばこの　かたがわに　おちたのかも。」

「でも、ぼくの　本ばこは、うなぎの　水そうと、かべの
あいだに　ぴったり　はさまれているよ。」

「めいたんていネートに、かいちゅうでんとうを かしてくれないか？」

オリバーが、かいちゅうでんとうを　わたしてくれました。ぼくは、スイッチを　いれて、本ばこの りょうがわを　てらしてみました。

「たこは、すきまを　すべりおちて　いない。」

と、ぼくは　いいました。

「すいりは、しっぱい？」

と、オリバーが　ききました。

「いや、あと　いっかしょ、
しらべる　ところが　ある。

きみの　たこは、本(ほん)ばこの　うしろに
おちたんじゃ　ないかな。」

「でも、うしろには、はいれないよ。」

「だいじょうぶ。上(うえ)から　のぞいてみるんだ。」

ぼくは、みを　のりだして、

「いたい!」

あたまを　ぶつけて　しまいました。

「かべが、じゃま　してる。のぞけないよ。」

と、ぼくは　いいました。

ぼくは、本(ほん)ばこの　まえの　ゆかに、うつぶせに　なりました。

「なにを　する　つもり、こんどは?」

と、オリバーが　ききました。

「本(ほん)ばこの　うしろの　ゆかを、てらして　みているんだ。」

と、ぼくは　こたえました。めいたんていネートは、なにか

を　みつけたのです。てを　のばして、ひっぱりだして
みました。
それは　たこでは　ありませんでした。
やきゅうせんしゅの　カードでした。
「ベイブ・ルースの　カード、こんな　ところに
あったのか！」
オリバーは、よろこびました。
「めいたんていネートの　すいり
では、たこは、本ばこの　うしろ
にも　おちていない。」

ぼくは、へやの　中を　あるきまわって、くわしく　しらべました。

「どんなに　しらべても　このへやの　中に、たこは　いない。」

と、ぼくは　いいました。

「きみが　さいごに　あの　たこを　みたのは　いつ？」

オリバーは、かたを　すくめました。

「はっきり　おぼえて　いないなあ。
　きのう、しあいから　かえって　きて、
ポケットから、たこを　だして、ほかの
ものと　いっしょに、本(ほん)ばこの　上(うえ)に
ぽいっと　おいたのは、おぼえている。」
「その　あとは、なにを　していた？」
「でんわを　かけていた。ともだち　ぜん
ぶに　でんわした。」
「それは、まちがいないな。」
と、ぼくは　いいました。

「その　あと　でかけて、いちにちじゅう　だれかの　あとを　ついて　あるいていた。」

「それも、まちがいない。」と、ぼくは　いいました。

「きのうの　よるは、なにを　していた？」

「ねむって　いた。」オリバーが　いいました。

めいたんていネートにも、かいけつの　てがかりが　さっぱり　つかめません。

オリバーが　いいました。

「それで、けさ、たこを　とりに　いったら、なくなっていたんだ。」

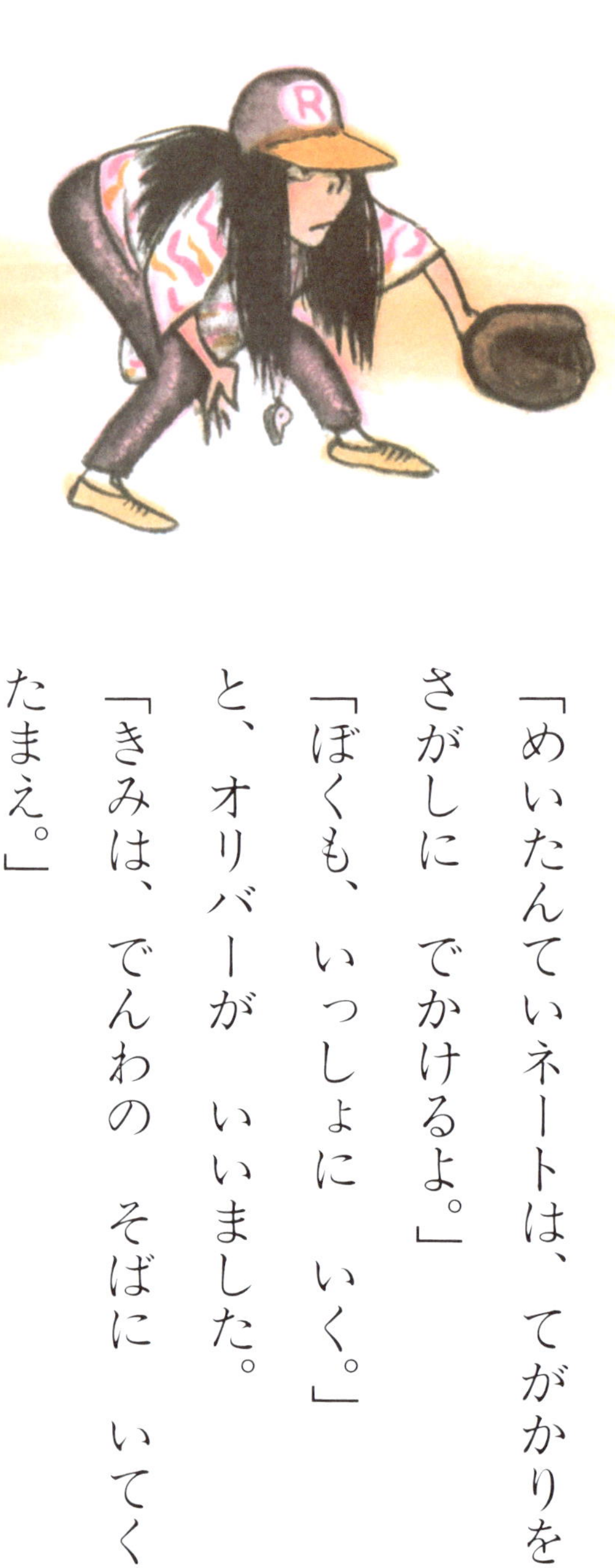

「きみの　ほかに、この　へやに　だれか　はいった？」

と、ぼくは　きいてみました。

「うなぎだけだよ。」

と、オリバーは　こたえました。

「めいたんていネートは、てがかりを
さがしに　でかけるよ。」

「ぼくも、いっしょに　いく。」

と、オリバーが　いいました。

「きみは、でんわの　そばに　いてくれ
たまえ。」

と　いって、ぼくと　スラッジは、
やきゅうじょうへ　ひきかえしました。
「きのうの　しあいの　2るいベー
スが、たこだったんだ。」
と、ぼくは　スラッジに
いいました。
「この　やきゅうじょ
うに、てがかりが　あ
るかも　しれないな。」
ロザモンドと　ねこ

たちが、木の　下に　立っていました。
「わたし、ちょっと　ミットを　ほうりなげて　みたの。
そうしたら、木の　えだに　ひっかかって　おちてこないの。」
と、ロザモンドが　いいました。
ぼくは、木を　みあげました。ミットが　えだに　ひっか
かって　いるのが、みえました。
「うちの　ねこたちが、のぼっていって、ゆすりおとして
くれるわよ。なんでも　できる　ねこたちだから、オリバー
の　たこだって、プラスチックで　なかったら、ねこたちが
みつけると　おもうわ。ほんものの　たこって、かんづめの

ツナみた
いな も
んでしょ。」
めいた
んていネ
ートには、
そんな こと
まで かんがえて いる
ひまは ありません。 ぼくは、
2るいベースが あった ところへ いって みました。

ぼくが、その　あたりの　土を　けちらして　いると、くねっと　ながくて、ぬらぬらして　みえる　なにかが　でて　きました。オリバーの　たこの　あしの　一本でした。

オリバーの　たこの　あしは、八本。その　うちの　一本が　みつかりました。じけんの　八ぶんの　一の、かいけつです。

「たこの　あしを　もっと　さがすんだ。」と、ぼくは　スラッジに　いいました。

すぐに、
スラッジが、はしって
いって、くんくん　においを
かいで、立ちどまりました。
そして、二本めの　たこの　あしを
もってきて　くれました。
「おてがらだよ、スラッジ。」
ぼくは、ほめて　やりました。ぼくたちは、さがし
つづけました。でも、その　あとは、ぜんぜん　みつかりま
せんでした。ぼくたちは、いえに　もどりました。じけんの

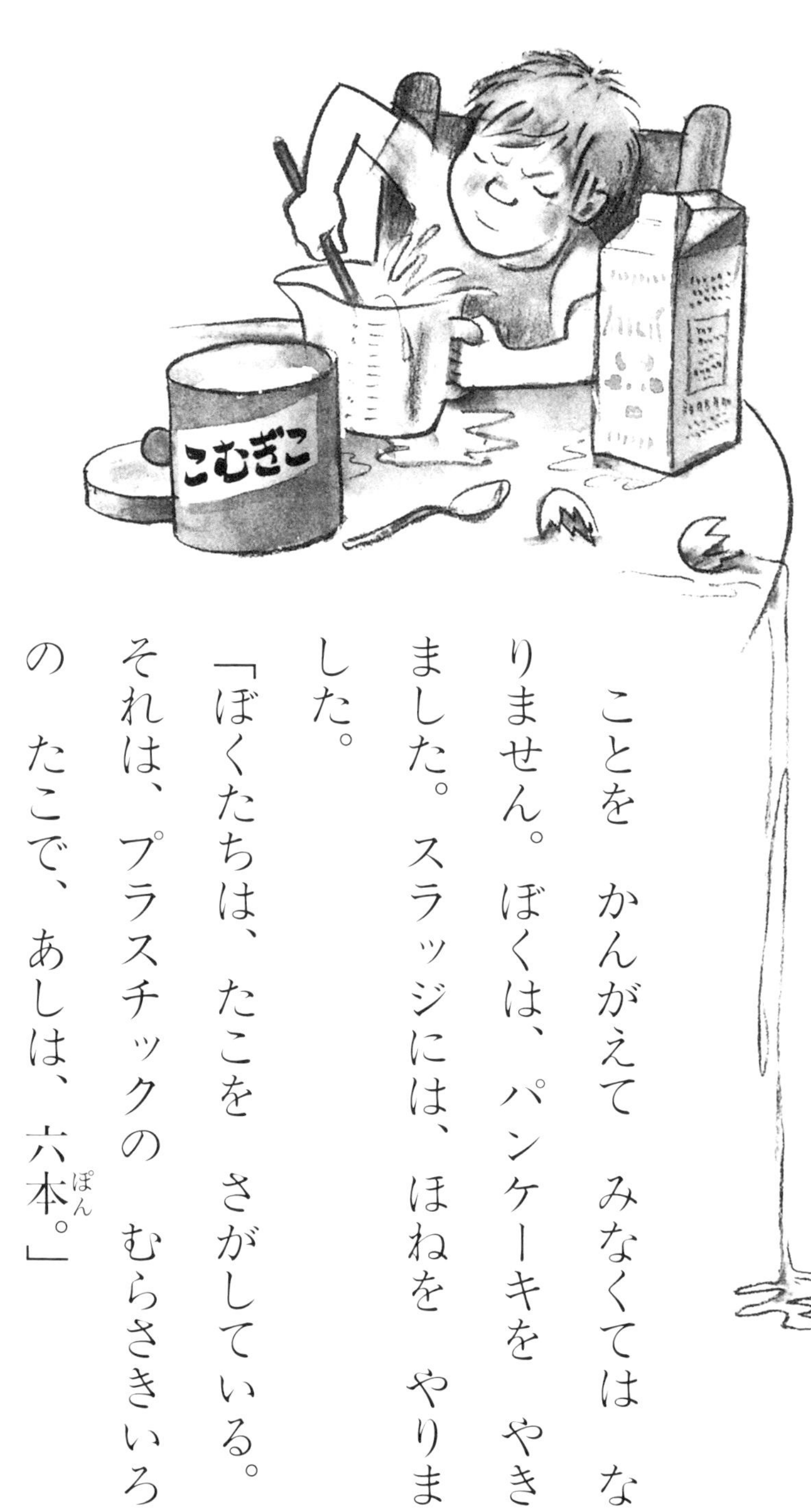

ことを　かんがえて　みなくては　なりません。ぼくは、パンケーキを　やきました。スラッジには、ほねを　やりました。

「ぼくたちは、たこを　さがしている。それは、プラスチックの　むらさきいろの　たこで、あしは、六本。」

と、ぼくは、いいました。

「もっと　へっているかも　しれないな。しあいの　あと、

いえに　かえった　オリバーは、本ばこの　上に、たこや
なにかを　ぽいっと　おいた。たこの　あしが　二本　たり
ない　ことには　気づかなかった。ほかにも、なにか　気が
ついてない　こと、あるかな？」
ぼくは、オリバーに　でんわしました。オリバーは　すぐ
でました。
「きのう、しあいの　あと、いえに　かえるまでの　あいだ、
だれの　あとに　くっついて　あるいた？」
と、ぼくは　ききました。
「うん、アニーの　あとに。」と、オリバーは　こたえました。

「そのとき、たこは　ポケットに　はいってたね？」

「うん。」オリバーは、いいました。

「ありがとう。」ぼくは、でんわを　きりました。

「アニーの　いえへ　いかなくちゃ　ならないよ。」

ぼくは、スラッジに　いいました。

アニーは、ファングと　いっしょに、げんかんまえの　あがりだんに　こしかけて　いました。

「2るいベースを　さがしてるんだ。」

ぼくは　いって、ファングを　みました。みたくないけれど、しかたありません。

「きみの　犬って、たいていの　ものを　たべるよね。」と、ぼくは　いいました。

「2るいベースとか。」

「あんな　きもちの　わるい　ものを、どうして　ファングが　たべるのよ？」と、アニーは　いって、犬ようの　ほねを　だして　みせました。

「これ、3るいベースよ。ファングは　たべなかったわ。ファングは、りっぱよ。」

ファングは、うれしそうに　しっぽを　ふりました。

「でも、ファングだって、かんぺきじゃないわ。」

アニーは、いいました。めいたんていネートは、そんなこと、とっくに　しって　いました。ファングの　しっぽがぴたりと　とまりました。アニーは、つづけました。

「しあいの　あと、オリバーが　わたしの　あとを　ついてきたとき、オリバーの　うしろに　ファングが　いたの。そのとき、ファングは、オリバーの　ポケットの　たこのあしを　ひきちぎったと　おもうわ。」

「そうか！　やっぱり　2るいベースは　ぬすまれたんだ。」

「ファングは、たこの　あしを　一本　かみきっただけよ。
その　一本が、はい、これ。」
アニーは、どろまみれの　たこの
あしを　一本、わたしてくれました。
「さっき、うちの　にわで　みつけたの。
ファングが　うずめたのね。」
「オリバーは、ファングが　たこの　あしを
ひきちぎった　ことに、気づいたかな？」
「いいえ。」アニーは、こたえました。
「わたしの　あとを　ついてくるのに

むちゅうだったわ。」

「だから、オリバーは、たこの　あしを　三本、もしかしたら　もっと　なくしてるのに、気づいて　いないんだな。」

ぼくは、アニーに　さよならしました。

「この　じけんも、もう　おわりだよ。あとは、たこの　あしを　もう　二、三本　みつけるだけさ。」ぼくは、スラッジにいいました。ぼくたちは、オリバーの　いえに　いってみました。

オリバーは　でんわちゅうでした。

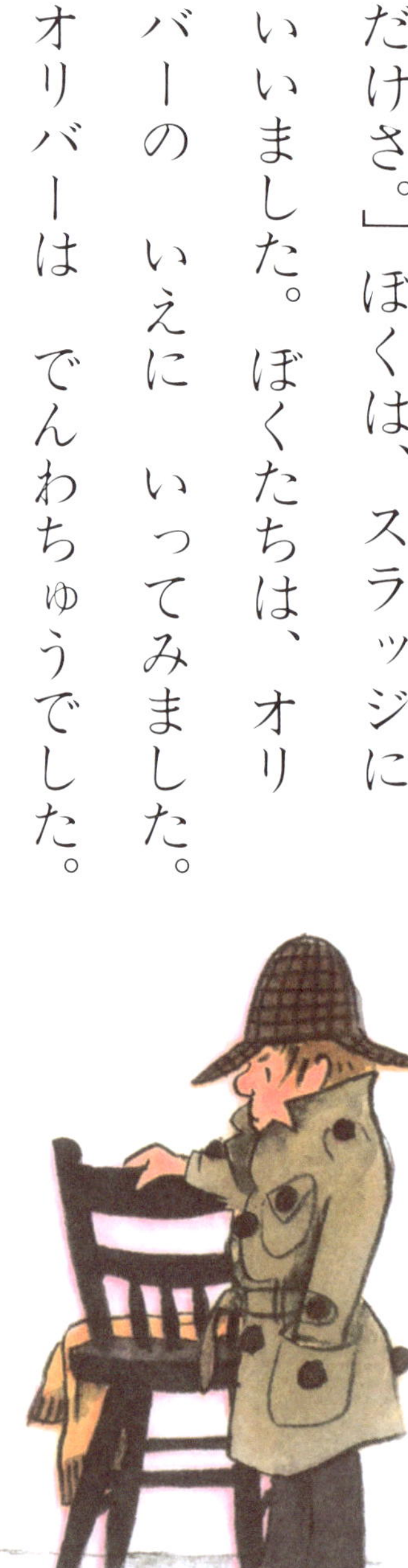

オリバーは、はなしを　やめません。
やめさせる　ほうほうは　ただ
ひとつ。でんわの　コードを
ソケットから　ひきぬく　こと
です。でも、さっき　のぞいた
ときは、ソケットも　コードも
みえませんでした。かべの　も
っと　たかい　ところに　ある
に　ちがいありません。べつの
ほうほうを　かんがえなくては。

「でんわを　きれ！」ぼくは、さけびました。
これは、ききました。オリバーは　でんわを　きりました。
ぼくは、たこの　あしを　三本（ぼん）　みせました。
「めいたんていネートは、ここまで　やった。じけんの
そうさは、いい　かたちに
なってきた。たこは、わる
い　かたちに　なっている。」
「うん、わかってる。」
と、オリバーは　いいました。
「うちに　もってかえって　みてみたら、八本（ぽん）あしの

たこが、五本あしに　なっていた。」

「どうして、それを　はじめに　いってくれなかったんだ?」と、ぼくは　ききました。

「たいして　ちがいは　ないじゃない。あいては　たこだもの。あしが　五本も　あれば、ずいぶん　おおいよ。」

めいたんていネートには、たいへんな　ちがいなのです。

「やっぱり、あしが　たりない　たこを　みつけなくちゃならないか。」ぼくは、いいました。

「うん、たのむよ。」と、オリバーは　いいました。

　ぼくは　スラッジを　つれて、やきゅうじょうに　もどりました。ロザモンドと　ねこたちは、もう　いませんでした。木の上の　ミットも　ありませんでした。
　ぼくは、まるたの　上に　こしかけました。スラッジは　ぼくの　そばに　すわりました。
　ぼくは　じけんを、かんがえなおしてみました。

みつかったのは、でんわ、やきゅうせんしゅの　カード、たこの　あし。どれも　なんの　てがかりにも　なりません。

いや、まてよ。ほんとうに　そうかな？

ぼくは、ロザモンドの　ミットが　ひっかかっていた　木の　えだを　みあげました。ふーむ。それから、もういちど　でんわを　おもいうかべました。つづいて、たこの　あしも。

あの　あしは、なが～くて、うねうね～っと　してたな。

すると、たこが　あるに　ちがいない　ばしょが、ひらめきました！

ぼくと、スラッジは、オリバーの　いえへ　はしりました。

オリバーは、でんわちゅうでした。

ぼくは　本ばこを　ひっぱって、かべから　はなしに　かかりました。オリバーは　でんわを　きりました。

「本ばこの　うしろを　しらべなくちゃ　ならないんだ。」

と、ぼくは　いいました。

めいたんていネートは、よいしょ　よいしょと　ひっぱりました。本ばこの　うしろを　のぞきました。

でんわの　コードが、ソケットに　さしこんで　ありました。そして、ほかにも、なにかが　あったのです。

でんわの　コードに　二本の　あしを　からませて、くっついていたのは、五本あしの、むらさきいろの、プラスチックの　たこ。

じけんは、かいけつしました！　ぼくが、うでを　のばして　ひっぱると、びり、びりっ！　たこは、四本あしに　なって　しまいました。でも、四本も　あれば　じゅうぶんです。

ぼくは、オリバーに　たこを　みせました。

「2るいベース、みつけてくれたんだ！」

オリバーは　いいました。

「でも、どうして　本ばこの　うしろに

あるって、わかったの？」

「きみの　たこは、あしが　ながくて、

うねうね　まいているだろ。だから、

なにかに　くっつきやすいんだ。それが

てがかりに　なったのさ。」と、ぼくは　せつめいしました。

「でも、それが　わかったのは、木の　えだに　ひっかかっていた、ロザモンドの　ミットの　ことを　おもいだしたからなんだ。ロザモンドが　ほうりあげた　ミットは、じめんに　おちてくる　はずだった。それが、木の　えだに　ひっかかった。きみの　たこも、本ばこの　うしろに　おちたとき、ゆかに　おちる　はずだった。でも　ゆかには　おちて　いなかった。でんわの　コードに　たこの　あしが　ひっかかって　いたからさ。」

「やったね！」オリバーは、さけびました。

「これで　やきゅうの　れんしゅうが　できる。チームの　みんなに　でんわするよ。」

ぼくが　本ばこを　おしもどしている　あいだ、オリバーは、でんわを　かけまくって　いました。それから、オリバーと　スラッジと　ぼくは、やきゅうじょうへ　むかいました。

めいたんていネートは、バットを　かまえました。そして、やきゅうじょうを　みまわしました。

まず　1るいベースを　みました。ツナの　あきかん。

つぎに　2るいベースを　みました。オリバーの　四本あ

しの　たこ。
それから、３るいベースを　みました。
犬ようの　ほねが　ありました。
ファングの　口の　中に。
と　いうことは、３るいベースは
ファングと　いうことに　なります。
めいたんていネートは、さんしん
したいと　おもいました。

（おわり）

こたえ ：Welcome! You cleared the secret code!（いみは、「おめでとう! ひみつの あんごうが とけたね！」だよ）

ひみつの　あんごうひょう

ときに　たんていは、ひみつの　あんごうを　しるした
メモを　のこして　いかなければ　ならないよ。
また、じけんを　かいけつ　するために、
ひみつの　あんごうを　ときあかさなければ
ならない　ときも　あるんだ。

上の　マークは、ひみつの　あんごうだ。
一つ一つの　マークを
右のページの　あんごうひょうを　見ながら、
アルファベットに　おきかえてみよう。
ぼくからの　メッセージに　なっているよ。
ひみつの　あんごうを　つかい　こなせるように　なれば、
きみも　りっぱな　めいたんていだ！
（わからなかったら、おとうさんや　おかあさんに　きいてみてね。
こたえは、右のページに　かいてあるよ。）

つくりかた

1. 大きなボウルに　たまごを　わって　入れ、
こむぎこ、たまねぎ、くろこしょうも　入れて、
あわだてきで　よく　かきまぜます。

2. 千ぎりにした　ジャガイモを　水に　ひたしたあと、
ペーパータオルの　上に　のせて、水けを　とります。
それを　**1.** の　ボウルに　入れて、かるく　かきまぜます。
これで　ラトケスの　きじの　かんせいです。

3. ちゅう火で　あたためた　フライパンに、
小さじ　1 ぱいの　バターを　のせて　とかします。

4. **2.** で　つくった　きじを、スプーンなどを　つかって、
フライパンに　ながしこみます。
できるだけ、まるい　かたちに　しましょう。

5. かためんを　3 ぷんずつ　やくか、
ひょうめんが　きれいな　ちゃいろに　なるまで　やきます。

この　りょうで、10まいくらい　やけます。
おこのみで、アップルソースや
サワークリームを　つけて　たべてね。

ネートの「ラトケス」レシピ

ラトケスと　よばれる、 ジャガイモの　パンケーキは、
ぼくが　とくべつな　ときにだけ　つくる　パンケーキです。
ママや　パパにも　手つだって　もらって、 つくってみよう！

ようい するもの

- 大きなボウル
- ペーパータオル
- フライパン
- フライがえし
- あわだてき（なければ、 大きなスプーンなど）

- じゃがいも（かわをむき、千ぎりにしたもの）…4つ
- たまご……………………………………………2こ
- こむぎこ…………………………………………カップ 1/3ぱい
- みじんぎりにした　たまねぎ…………………カップ 1/4ぱい
- くろこしょう……………………………………小さじ1/4ぱい
- バター……………………………………………小さじ1ぱい

あとがき

「めいたんていネート」は「ぼくはめいたんてい」に続く新シリーズです。主人公は，前のシリーズと同じ９歳のネート少年です。相変わらずシャーロック・ホームズばりに，ディアストーカーという前後のひさしのついた帽子とトレンチコートといういでたちで，愛犬スラッジをつれて登場します。そして，どんな難しい事件も「このじけん，ひきうけよう」とたのもしく答えます。

名探偵ネートのまわりでは，ペット・コンテストの賞品がなくなった，だいじな雑草が行方不明になった，野球の２塁ベース（くねくねしたタコのおもちゃ）が消えた，お金入れの箱が見つからない，猫用のまくらカバーがどこかへいってしまった，お母さん犬からクリスマス・カードが届かなくて犬がふさぎこんでいるといった事件が起こります。ネートは，ていねいな推理を積み重ねて，一つ一つ見事に解決します。

話はどれもユーモアたっぷり。お母さんからクリスマス・カードが届かなくてふさぎこむ犬は，ファング（きば）という名前の，大きくておそろしい感じの犬なのです。ネートとスラッジは，この犬がこわくてにげまわっています。ほかに，このシリーズに欠かせない変わった女の子ロザモンド，いつもだれかといっしょにいたい“くっつき虫”のオリバーなどの少年少女，ロザモンドのペットの４ひきの猫たちなど，みんなちょっと変わっていて，毎日を生きていくことの楽しさが伝わってきます。

このゆかいな人と動物たちの物語に，作者マージョリー・ワインマン・シャーマットは人と人とのつながりの理想をこめているように思います。アメリカのコールデコット賞受賞の画家マーク・シマントは，ユーモラスな物語の雰囲気，特に登場する人間と動物たちの表情を上手に描いていて，絵を見ていると，心の底から楽しさがわき上がります。

作者と画家のかんたんな紹介をしておきます。

マージョリー・ワインマン・シャーマットは，１９２８年生まれのアメリカの作家。生まれ故郷のメイン州ポートランドの短大で学び，広告などの仕事に従事していました。子ども時代からの作家になる夢を絵本『レックス』で果たし，以後幼年向きからヤングアダルト向きまで，広い範囲の作品を発表しています。

マーク・シマントは，１９１５年パリに生まれ，子ども時代をフランス，スペイン，アメリカで過ごしました。パリとアメリカで美術を学び，マインダート・ディヨング，マーガレット・ワイズ・ブラウン，シャーマットなどの作品のさし絵を担当。ジャニス・メイ・ユードリ文の絵本『木はいいなあ』の絵でコールデコット賞を受賞しました。またジェイムズ・サーバーの『たくさんのお月さま』に新しい絵を添えて高く評価されました。

なお，『ねむいねむいじけん』は，ロザリンド・ワインマンが共作者になっており，人騒がせな夜の電話のアイデアは，彼女の思い出からのものだそうです。『いそがしいクリスマス』では，クレイグ・シャーマットが共作者です。

新シリーズ「めいたんていネート」を，前シリーズと同様に喜んでいただけたらと願っております。

（訳者）

※刊行当時のあとがきを，そのまま掲載しています。現在は，「ぼくはめいたんてい」シリーズに全て統一しています。

訳者紹介

神宮 輝夫（じんぐう てるお）
1932年群馬県生まれ。早稲田大学英文科卒業。青山学院大学名誉教授。児童文学評論、創作、翻訳など、はばひろく活躍している。主な訳書に『アーサー・ランサム全集』（岩波書店）『ウォーターシップ・ダウンのうさぎたち』（評論社）、評論に『世界児童文学案内』（理論社）『英米児童文学史』（研究社）、創作に『たけのこくん』（大日本図書）などがある。

内藤 貴子（ないとう たかこ）
1971年生まれ。聖心女子大学英文科を経て、白百合女子大学大学院博士課程児童文学専攻を単位取得退学。白百合女子大学他非常勤講師、児童文化研究センター研究助手。イギリスを中心に英語圏の児童文学、児童演劇を研究。http://homepage1.nifty.com/fringe/

新装版 ぼくは めいたんてい
2るいベースがぬすまれた?!
ぶん　マージョリー・ワインマン・シャーマット
え　　マーク・シーモント
やく　神宮輝夫・内藤貴子
　　　小宮 由（ひみつのあんごうひょう・ネートの「ラトケス」レシピ）

2015年 1 月15日　第1刷発行
2022年11月30日　第2刷発行

発行者●藤川 広
発行所●大日本図書株式会社
〒112-0012 東京都文京区大塚3-11-6
URL●https://www.dainippon-tosho.co.jp
電話●03-5940-8678（編集）
03-5940-8679（販売）
048-421-7812（受注センター）
振替●00190-2-219

デザイン●籾山真之（snug.）
本文描き文字●せり ふみこ

印刷●株式会社精興社
製本●株式会社若林製本工場

ISBN978-4-477-02702-9
52P　21.0cm×14.8cm　NDC933